鮒叢書第九三篇

歌集 海霧

根岸雅子

現代短歌社

序歌

島崎榮一

秋の夜の机に根岸雅子氏の歌集原稿『海霧』を
おく
おだやかな歌の質にてたとふれば朝日にひかる
海潮の紺
校正に力つくして帰れども家にて夜は酸素吸ふ
とぞ
人の為つくす十年のこころ栄え仮そめならぬこ
とと思ひぬ

風邪の日も日の照る夏も編集に来る手作りの弁当もちて

日常の感懐を詠む大切さ『海霧』を見てあらためて知る

順徳院わかく住みたる佐渡のうた四国讃岐のうたも貴し

目次

装画　那波多目功一

海霧

函館

野づかさに聴く風音は谷くだる瀬音の如くわれをつつめり
日のなくて輝けずゐる山肌の紅葉にかよふ心となれり
間を置きて笑ひころげるこゑ聞こゆ一つ車輌の心さまざま

測量の人の手旗に汽笛鳴らしスーパー白鳥速度
ゆるめず

製菓業に励みし日々をわれは見きみ骨となれる
八十一歳

姉逝きて十年を経つ予測せぬ義兄の姿をうから
哀れむ

あの坂の向かうは海と魅かれつつ岸辺に立てば
ああ冬の海

悲しみの焦点みだす海風に白波絶えず浜にとどろく

唐突に訃報はきたり逝く人の想ひたどりて荒るる海見つ

風つよく波荒々しはばまれて浜に一握の砂も掬へず

サンルームに薪の積まれかたはらに鉢花さかる北国の家

海風の吼ゆる日なれば霧のなく函館山に鉄塔の
見ゆ

沈黙の規律に生くる修道女の澄むミサのこゑ今
も忘れず

五稜郭の花の宴を偲びゐし姉のみ墓に舞ひ舞へ
さくら

ひろびろと瑞穂の国の秋深し遠く一すぢ煙《けむ》立ち
のぼる

源流

山紅葉映ゆる谷川凝らす目に源流目指す魚影の見ゆ

秋萌えの山肌うつす峡の水世を離れたる人は隠れつ

蟬穴を弾痕と見る悲しさよ消し得ぬ過去を人は詠へり

高ひかる日射しの澄みて片耳の埴輪の馬にゆるる木洩れ日

半日をかけて編みしも気に入らず一本の糸に戻し寝につく

たつぷりと墨ふふませて花と書く夢の中には自在がありぬ

柚子の実も柿の照実も里山の朝の日射しに鳴り合ふごとし

それぞれの胸に小波ある日々の想ひを放つ青き
山並

風の子の陣取合戦思ふまで寺庭染むる公孫樹と
もみぢ

菫色にうすづく頃はゆくりなく人追ふ心ふくら
みて来ぬ

涸谷に吹く風音を記憶とし柚子のジャム煮る冬
はこれから

花粉期

熊除けの鈴付けゆかな明日の日を思ふわが身のふはふは熱し

原因を思ひめぐらす小半日のどに痛みのさだまりて来ぬ

通院の三度となれば診療を受けゐる猫も余裕の姿態

いたづらに月日は速し花粉期に猿も泣くとふ季節めぐり来

いちはやく開きし花の数輪が疾風のなかに白光散らす

続く角まがればワッと早咲きの桜あらはる寂しき日にも

傘に聴く霙の音に増す寒さ地祭りの日を子と震へをり

庭土のけ残る雪に笙の音のしみて鎮めの儀式終はりぬ

残る雪みつめて巫女は吉兆のしるしと言ひて笑顔向け来ぬ

ヴァチカンへ春夜を進む法王の列に合ひけり早や十年経ぬ

戦争はいのちの破壊　法王の祈りとどかぬ世の続くなり

積　年

大銀杏の姿ゆゆしきそれとなく絵馬を返せば並ぶ異国文字

もりあがり根の絡みあふ大公孫樹に自づ畏怖わく冬の境内

積年の想ひあらはれこの山の蛇のごとくに這ふ地上根

奉納の草鞋二足の下がりゐる仁王の足を叩きてみたり

岸辺なる梅の蕾はかたけれど冬の匂ひをぬぎゆく気配

夕鐘を撞きたるひとの誘ひに千手観音ちかづき拝す

観音のみ手は児を負ふ形にて悲しき母の歴史思ひぬ

実朝忌近づきにけり垣間見し寿福寺のうめ雨に
濡れゐつ

三月《みつき》のち母になるとふをみなごの点前に一座和
みゆきたり

疎まれてゐるのも知らず水仙は自己愛として葉
のみ繁らす

悲しみのあれば優しくなるといふ歌詞に委ぬる
冬の日のあり

寛容

大根をかかへて山へ帰るといふ猿を語りぬ畑の
夫婦

早春のひかりを砕くカラタチの茨はあはれ一葉
まとはぬ

桜見むと降り立つ駅はひさかたの光に白し遠き
山脈

見はるかす枝垂れ桜は花のくも花のかすみとなりて連なる

魔性とも音なき滝のしぶきとも枝垂れ桜に濡るる心地す

晴るる日の大輪のバラを渡りゆく孤独の蟻に風あたたかし

括れども捨てられずあり会議録・社報は夫の戦士の記録

ストームにくづれむばかりの藤棚の九十八房朝日に清し

試運転の列車に兄が手を振るを汽車道に待ち母と送りき

父の齢越えしと述懐する兄の寛容の度は父に及ばず

OG時代

木々の葉も急げ急げとそよぎつつ額の汗を鎮めくれたり

空白の四十余年を巻きもどし女性九名円卓かこむ

いま思へば慢性疲労症候群　微熱つづきてこころ沈みき

あんみつの立田野、支那蕎麦五十番ＯＧ時代は太るを知らず

山風

―広島・鞆ノ浦―

夜の雨の名残りとどむる草の葉を不意に飛蝗の
高き跳躍

祭礼の終へたる街の石道にパラソル立てて媼魚
裂く

山風の絶えて日の照る庭暑し呪文彫らるるこの
力石

さみどりの風船かづら巻きのぼり寄り合ふ家の
夢に脹らむ

傘を打つ雨のやさしくしをしをと路地に潮の香
運ぶ風あり

さんざめく荷揚げの声の絶え果てし港の路は梅
雨に湿りつ

風に鳴る備長炭の澄むおとを思ひ叩けり姥目樫
の木

岩伝ふ橋より俯瞰する海の透明にあそぶ魚かげふたつ

きりぎしに寄せくる汐の明るさに方位感なき我のたゆたふ

うろくづに似る病葉をゆり返し岩肌に寄る波のをさなし

青梅雨のいつしか上りたゆたへる鱗波にはひかり遊べり

丘の上にむろの木の見ゆ万葉の碑には旅人の傷み刻まれ

ひろしまの戦禍を耐へて平成の福山城に鳴く夏のこゑ

夏雲

夏雲の溶けて流れてくるやうな高層ビルの鏡面の壁

驟雨去り生を惜しみて鳴く蟬の背にとどく晩夏のひかり

種なしの葡萄の粒はよどみなく咽をとほりてたちまち寂し

烏賊刺しを朝々食みし函館の夏の日ありき姉と捌きて

気象図に位置確かなる台風の恐怖の図形いづこへ向かふ

わがもとを離れてくらす娘の街の白にかへれぬ
花、酔芙蓉

ほのぼのと酔芙蓉咲く道に出でいま別れ来し娘
の笑み思ふ

詠むことのまだまだあると思へども自在にゆか
ぬ悩み又あり

窓辺にてセーターのほつれ繕へりかなしき傷を
ふさぐ思ひに

青森港

海の香に包まれまなこ閉ぢをれば入り来る船の
汽笛が長し

黒松の林の根方つゆふふむ赤詰草を摘みて来に
けり

砂浜の近くひろがり打ち返す旅愁をはこぶ夜の
白波

遅速ある紅葉の渓の華やぎを見つつ人間の性《さが》に重ねつ

来む春の為に燃ゆると思ふときわれの纏ひてゐるは何色

自づから一世の幕を黄金に染めてそびゆる栗駒山は

渓川に舟をあやつる船頭のおひわけ節に魚影つき来ぬ

雪雲の明日は来るとぞ一年の修羅を鎮めむ山のみづうみ

先の身は知らず草食む黒牛の群れに夕べの光穏しく

白川郷

熟柿のしだれて峡に照るままに冬に入りたり白川の郷

雨もやう秋のをはりの郷のみち二人あゆめど淋しき夕べ

山鳥の好みならずや集落の古木の熟柿ふゆを華やぐ

あるときはわれの傘とも思はるる背を追ひつつ少し距離おく

冷えまさる峠の茶屋の湯の香たつ手湯とぞ僅か息つきにけり

高山のたくみの技の華やげる祭り屋台は雨をゆるさず

その昔手を携へて瞽女たちの行きにし雪の里道つづく

豪雪の厳しさわれに語らふか部屋の中へと鳩の入り来

窓掛《カーテン》を開くれば止まぬ雪の朝待ちがてに鳩の一羽二羽来つ

遂げむとし為し得ぬことの数多あり身竦むほどの垂氷の長さ

雪中花

風強き千里《ちり》の浜辺の桜貝ひろはむとする指を逃げたり

水底に沈みし村のなぐさめに桜咲くらむ春の御母衣湖

関越道に雪の予報の立つ夕べ旅のをはりの県境を越ゆ

小宴の果てて雪降る道の辺に見慣れし表紙のごとく山茶花

ドーナツと泥葱を買ひ帰り来つバーゲンセール逡巡の果て

高枝に桜の花の咲き初めて花の蜜吸ふひよどりのこゑ

陽炎か地表の風かカタクリの反る花びらが千々
にゆれをり

伸びやかに枝をひろぐる桜木よわが日々の花し
るべなれ

濃く淡くたをたをと咲く糸桜くぐりて朝の雀あ
そべり

ひさかたの雨に滲める葉書きぬ夫と読みとく春
の灯の下

長編小説

寒気はやおぼろとなれる夜に聴く街の狸の噂あかるし

誘ふこゑか探しゐるのか小夜更けて鵯のこゑの遠退きてゆく

逆方向へ進みゐるやうな呪縛より解かれぬままに下車駅は雨

撒水の水押しかへす風吹きてわが逡巡の濡れて四散す

外のことは此所に鎮めむ門を入るわれをつつみて沈丁花の香

花道を菊五郎ゆき駕籠のゆき縁なき身も照明あびぬ

島田荘司のファン久しきわが長女長編ミステリー出版したり

三分の一読みしところへ友人の歯に衣きせぬ感想とどく

小説は四〇〇枚が程良しと活字に弱きわれのつぶやく

売行きはいかにとひとり訪へば書店出で来る娘の父と会ふ

乗り換への駅の本屋に重なれる青き表紙の乱れを直す

枝垂れたる花を離れて見上ぐれば薄くれなゐに濃淡のあり

花の芽をつつむみどりは鐘楼の下に蕾のとがる石楠花

佐渡

海霧の中をきてみる碑にまぎれなき師の筆跡はあり

朝風に心すすがむ北の海体温徐々にうばはれて立つ

亀島を標識とせる航路とぞ拉致工作船も万景峰号も

新潟の空になびかふ白煙の活気に現つごころ戻り来

滝　川

―箱根―

葛の葉のこころ昂ぶる会終へて街の灯りをホテルより見つ

山霧は風もろともに襲ひきて木立を隠し花をつつみぬ

霧ふかき湖岸に佇てば海賊のふねはをさなき日の夢はこぶ

注連まかれ安産杉とふ神木の苔を清めてふる山の雨

千年の杉より落つる雨粒に避けやうもなくうち
叩かれつ

六十代早やも半ばとなりにけり今きはやかに合
歓の緋の色

困惑のごとき思ひは草まくらゆふ梔子の花に隠
しぬ

幾日も人の通はぬ道ならむ降りゆく足を止むる
落枝

滝川の音に誘はれあしひきの荒山道をくだりてゆけり

滝水の轟く音はゆたかにて朝の明るさの中にきこえ来

萌黄なる若竹しなふ美しさ見つつしをれど揺れをさまらず

そむかるる匂ひにあれど十薬の白きは清し家陰に満つ

ゆたかなる形のままに紫陽花は天性のいろ日々に深めつ

松前逍遥

カラフルな浮子の山なす村に着く車窓あくれば夏の海の香

猛毒を根にもつ花はまどかなる白を広げて海辺に咲けり

落城の悲運を越えて咲く花のときに翳りを深く
散るらむ

松前の最古の花とおもほえず血脈《けちみやく》桜の青葉ゆ
たけし

血脈を僧に乞ひたる桜の精、許され生くる三百
年を

ゆくたてを知れば一葉一枝もうるはしく見ゆ
「血脈桜」

石道を辿りて行けばいつかしき門あり高き欅をあふぐ

屋形風墓碑なる藩主の終の地に生るるひぐらしこゑ重々し

公孫樹など生ひ立つ山の奥つ城にあはれを誘ふ蜩のこゑ

草いきれする石段に腰下ろし足いたはれば鶯のこゑ

玉のこゑ讃ふる言葉かけやればば又ひとしきり鶯の啼く

短かる生を惜しまむ水平に翅うちふるふあきつ数百

姑《はは》

寝もやらず一夜に着物仕上げしを恋ほしみ語る九十五歳

おとろふる視力あやぶみ十五軒の電話番号姑は
諳んず

会ふたびに生き過ぎしこと言ふ姑の姿にしばし
言葉失ふ

三人娘《みたりご》と共に見舞へばこゑ若くよどみなく言ふ
子の誕生日

二百年前に生れてあらばなど九十五歳の夢をば
こぼす

いち早く畑に出づるを誇りたる姑にはがゆきわれと思ひつ

ピラカンサ、千両つばき庭の朱を啄み行きし野鳥も可憐

鳥影を楽しむわれと人影に怯ゆる鳥と障子をへだつ

神池の水はにごれど群れなして口あく鯉の咽つややか

ゆるぎなく千条《ちすぢ》の枝の天を指す冬の公孫樹は野
望のごとく

葉桜

峠より下りゆきつつ芽吹きゆく木々の秘めもつ
力を知りぬ

花季は白滝となりなだれゐむ目にさやかなる枝
垂れ葉桜

わだかまる心は重し憂ひなき色に芽吹きてゆる葉桜

紅しだれに賑はふ人を遠く見て山のなだりに立つまむし草

乳の実の秩父宮妃お手植ゑの公孫樹の枝は乳房はぐくむ

古木なる桜の幹ゆ身熱の噴き出づるごと咲ける花房

雫する花も良かれと背を押され駅へ急げば陽ざしこぼれ来

二分ける幹のあはひにみづみづと苔をむすべり老いし桜は

浅き瀬の流れにすすぐ指先に陽ざし踊れば晴るる思ひあり

ただならぬ美しさよと眺めゐて近づけば紅の滲む花びら

傾れつつしづかに紅をふかめゆく枝垂れ桜に夕風ふきぬ

柚子

薄雲を透してとどく淡き日に艶めきてをり庭の椿は

朝風に吹かれて誰か来たるらし椿の花の幾つも落ちて

血腥き事件目にする哀しみに茶香炉ともす夜の
続きぬ

カモメ啼く国境近き港町にゐるとし聞けばわれ
も旅人

惚けるは神の恵みと思ふ日よ生き過ぎしとふ言
葉の重く

白き花散りて小さき柚子の実の例年になく多く
つきたり

桂の木　―秩父―

連なれるみどり色濃き山肌にまたたびの葉は白く目に立つ

励ますは猫のみならず古ゆ木天蓼酒とふ人の知恵あり

右ひだり蛇いちごの実の潤ひに誘はれゆく草中の道

幾世代の病癒しし足元の草々の名を知ればたふとし

前垂れの陰に小銭を隠しもつ石の地蔵はまだ若き顔

朝山の空気を吸ひて足軽し緋の立葵咲くみちに出づ

神殿をうかがひ見れば一対の神の使ひは白きおほかみ

落石の多しと聞ける山道は鍬を持ち込むバスの
車内に

廃屋に町の賑はひ偲ぶとき胸の奥より昭和鳴り
出づ

三千人の生活消ゆるも町跡に今もかはらぬ渓川
の音

訪ふ人の稀なる梅雨の山道に麻の白花咲きゐた
りけり

千年にちかき桂の木の力おもふのみにて山を離れ来

渓間に呼び合ふこゝゑはあくがれの慈悲心鳥と一人思ひつ

火炎負ふ忿怒の像に信玄の髪混じるとふ念ひすさまじ

袋がけ済みし畑の桃、葡萄閉ざされて想ひ昂ぶるならむ

猫の鬱

大きなる華をかかげて紫の血潮たぎれる菖蒲とも見ゆ

色とりどり華やぐ中に自づから白き菖蒲は花弁たたむ

広らなる見沼の畑に風わたり里芋の葉のをさなく揺るる

義務よりも権利の念ひつよくして水溜りこえ行く投票所

水たまりに写る夏空明るめど未来を示すものかは知らず

時ならずと思へど寂し失ひしものを悼みて梅雨の日暮るる

点滴のゆるやかに落ち眠る娘の呼吸《いき》落ち着けり夜の病室

みづみづと茗荷の細葉いきほひて暮しに見合ふ収穫のあり

老花火師の理想の大き花ひらき金星ふいに視界より消ゆ

持て余す暑き夕暮みづからに風を送りて咲く百日紅

覗き込むわれを認めて又ねむり猫は残暑の鬱凌ぐらし

もう一日夏の陽あびよ爪立ちて蟬の骸《むくろ》を幹にと
まらす

マンションの壁ふるはせて尺玉の花火の音は憂
ひを砕く

昨夜《きぞ》今宵ひたすら鳴ける蟋蟀の孤独を天の月が
聴きゐむ

虫の秋みじかく終りぬばたまの月も夜毎に身の
細りゆく

樹木より虫の音降るといふ夫に従《つ》きて路上に月光を浴む

御陵

みづうみの牡蠣の筏を浮きたたせ残光あはく水面を照らす

佐渡院を悼む碑《ひ》並ぶ御所跡の椿は大き実を結びたり

御百首に院の心のしのばれてわが胸うづく佐渡の歳月

今に知る院を偲べばみささぎの梢にひかる朝露の見ゆ

みちの辺の家の瓦も寺屋根も漆黒に照る柿みのる里

御陵《みささぎ》の鳥居につづく白砂の木洩れ日誰の影も写さず

国仲の平野のどけし遥かなる明日香の里に似ると人言ふ

蓑まとふ神

くさはらの赤詰草は花まるく男鹿の岬山鳥のこゑ澄む

海峡をへだてて見ゆる松前の寺町を去年《こぞ》の夏に歩みし

蓑まとふ神の居並ぶのどけさに刈田の杭に干さ
るる稲穂

激ちつつ吼えつつ落つる滝水を掌にし掬へば他
愛もあらぬ

桟橋に寄りて灯を消す幾艘の白き客船おとなく
ゆるる

旅の日のはづむ心を鎮めむか夜のみづうみに雨
の香わたる

海底へつづく線路の前景にゆれてあやなす銀の
穂芒

何もなき内面さらし干されゐる烏賊の白肌秋日
が濯ぐ

男らの鮪追ひゆく留守の間をイカ焼く大間のを
みな明るし

「一握の砂」はこの地に生まれしと海峡を背に
碑のあり

小説家の名前幾人聞きし旅けふ斜陽館の階段を
踏む

風車一基幾億円とぞみちのくの廻る翼が風にひ
かりぬ

陸奥湾に沈む夕日のふくらみて旅の終りの寂し
さ照らす

市役所の公孫樹色づき足立屋に秋の風情の和菓
子が並ぶ

壁ぎはのピアノ艶なく鎮もりて「熱情」も「悲愴」も部屋に還らず

龍骨

落日の朱を無限の約束と思ふまにまのこころ明るむ

入つ日の燃ゆる想ひを沈めたる夜の海ゆゑ潮の香ふかし

海ぎしのホテルの庭に仰ぎ見る夜空の藍にわが
探すもの

引き潮の海石《いくり》にすがる巻貝に苔積むほどの月日
移ろふ

佐渡院の姫を祀れるあとどころその狛犬の表情
可憐

舞殿の茅葺屋根はゆく秋の熱気伝へて蒸気のぼ
れり

若くして身罷りし皇女の塚めぐる苔はみどりの
露をふふめり

をりをりの花咲き匂ふ長谷寺、都を模する石段
のあり

ふるさとに似たる霊地と偲びゐし世阿弥慰む四
季を咲く花

湧水を飲みて病を癒ししとふ水の神秘の由来を
読みぬ

龍骨の姿さらせる裸木のめぐりは厚く黄の葉を積めり

交配

桜木の根方に在ます地蔵尊ひとの悩みにお顔の冴えず

観音像の前に置かるる御手洗の柄杓を払ひ水のむ鴉

午後となり萩ゆれゆれて吹き撓ふ枝の間より蝶あらはれつ

街角に毛づくろふ猫の風格を祭りに集ふカメラが狙ふ

鐘楼の鐘はいつ鳴る寺町の暮しをおほふ夕焼けのいろ

人疲れを猫もするらし琴平の石段の端に目を閉ぢてゐつ

交配し十二年後の生産とふ新種のミカンみのる山畑

遍路道は草に隠れて続きゐむ小さきみ堂の舟より見えて

ほんのりと茜づく空早朝の車内灯して市電が行けり

街路樹の椰子のあはひに南国のま赤き朝日ひかりを散らす

時折を枯葉はらぐ谷水にかづらの橋の素朴うつれり

仮住み

母の手になる丹精の布団出づ纏ふも捨つるも哀しき重さ

仮住みは実家の隣り耳障りと夫言ふ電車のひびきなつかし

自づから傷を塞がむ松の木の年輪かくす切り口の樹脂

茅葺きの屋根にはつかに苔青し山門に添ふ椿もいろ

蓮台に立ちます姿伏せる目の深き思ひを問ひても見たし

風吹かば石の衣も揺れさうな地蔵の思念とくや春風

面長の地蔵菩薩のくちびるの清き形のふとなまめかし

しだれ桜一本《ひともと》咲きて静けかりゆくりなく鳥の天翔るこゑ

朝風の清きになびく糸桜われに従順を強ふるひとあり

絡みゐる枝をほぐせば桜《はな》の尾はためらひもなく風に順ふ

石楠花の尖る蕾に来て遊ぶ早春の使者は黄の翅ふるふ

房に咲く馬酔木かぐはし唐突に目元優しき父を思へり

黄熟を成さぬ梅の木一徹のこころ思ひて暫く佇てり

逆光に望むひとときたまものの富士は黒衣の姿見せたり

羽　毛

鏡面のごとき小沼の向かう岸少女を引きて白き
犬行く

悔しみて胸の羽毛を抜きしかと水辺に拾ふふは
ふはの羽

鎮魂の儀式ありしかうす紅の花が朝の沼面ただ
よふ

離るると見えて相寄るはなびらの紅わけてゆく水鳥幾羽

神の池も平静ならずぐらぐらと揺れる水面と乱るる樹影

立ち読みをして作り方覚えこし鳥肉料理はまづまづの出来

咲き残る牡丹幾つに木の芽風つと立ち来たり白王ゆらぐ

俯きて咲く牡丹ありみづからを支へきれざる花弁重ねて

小綬鶏の誘ひのこゑに仰ぎ見る青葉うねりてもの狂ほしき

わが好む匂ひならねど牡丹《ぼうたん》の花びら分けて沈む昆虫《むし》あり

蘂ひらき花神のこゑを聞かむとす見知らぬ人とゐる夢の中

意に添はぬ職にかあらむ不機嫌に我と向き合ふ
若き修理屋

卵より孵化してすぐに泳ぐとも飛ぶとも見ゆる
金魚の稚魚は

頭角は日々鮮明になりながら孑孑よりも小さな
金魚

緩やかにわが老いは来よ茫然と記憶ちがひを思
ふさびしさ

多羅葉

―宮城・村田町―

畦道の朝露ふめばすがすがし故郷知らぬ身が弾みゆく

道草に四つ葉さがして日の暮れし戦後のわれの約しかりにき

採る人もなきまま落つる梅の実の切なく匂ふ道を急ぎぬ

むらびとの武運支へし八幡社小暗きみちに鈴の
音きこゆ

いつの世も悲恋ありしと恋塚のめぐりに鳴ける
夏の鶯

そのかみの栄華を偲ぶ海鼠壁、紅花商人の夢の
跡ゆく

店蔵の海鼠格子の華やかさ日盛るみちは片影の
なし

人住まぬ秘密めく部屋の佇まひ見むと怖づ怖づ
登る階段

塩蔵も味噌蔵も寂る中庭は人を誘《よ》ぶごと梅の実
匂ふ

茎立ちて白く華やぐ花毬にわが憧れのふいに騒
だつ

天界へのぼらむ龍の形して藤の幹太くその洞く
らし

注連巻ける白鳥神社の千年の樹々のゆたけさ梟
棲めり

幾世経し柱状節理の岩壁の底をかくして淀む湖《うみ》
の青

風をきり心放たむ若者のＨＡＲＬＥＹ並ぶダム
湖のほとり

布袋祭り遠く偲べばわが街の子供神輿の近づく
こゑす

秋日

雨風に煽られ来たる落蟬の瞬時にわれの掌より
飛び立つ

自転車の学生つぎつぎ通りすぎ食器扉にうつる
二学期

疑へばきりなきことも信ずれば辻褄の合ふ胸の
うつはよ

梔子と柚子のあはひを落ち着かぬ黒き揚羽に秋日たゆたふ

煩忙のひと夏すぎて朝かげに馬追ひ虫はとだえつつ鳴く

棒杭

無花果の熟るる頃ほひ久々にこゑを連ねて尾長は来たり

純白に咲き初むべきを初花の酔ひつつ開く庭の
芙蓉花

アメンボの水輪の如しゆるやかな流れの面に雨
粒落ちて

川岸の桜木はやも落葉してその黄なる葉を浮か
べ流るる

磐船の遺跡わびしくこの森の誰をなぐさむ朱の
彼岸花

いづこにか水の落ちゆく音のして尾鰭激しく水を打つ鯉

棒杭に焦点合はせ待つ人のレンズの先にひかる青き背

翡翠の姿の消えて平らかに水面暮るるを見て帰り来ぬ

ひとところ風にうごける曼珠沙華この世の誰を森に待ちゐむ

かりそめの胸の思ひに戸惑ひて木犀にほふ道を急ぎぬ

訴へて鳴く術知らず涼風に蝶も蜻蛉も舞のやさしさ

双の手のしびるるほどの荷物持ち手順の悪き一日暮れゆく

地下道の側溝に鳴く蟋蟀の昼夜を知らぬこゑも絶えたり

俯瞰する街

平等の世とも仮面の暮しとも整然と並ぶマンション の灯り

或るときの高鳴りのごと点滅をくり返しゐる廊下灯一つ

朝の日は遍く照らし建ち並ぶマンションの影マンションに写す

風のおと終日やまず棲みつきてこもれる人の窓
打ちたたく
窓ちかく鴉鳴きゆく影みれば鳥の領域に住む思
ひ湧く
雷去りぬ眠りにつきし人の世を微熱にうるむ月
が照らせり

群猿

あらたまの日射しを受けて啄める鳥の姿に勢ひのあり

蜜を吸ふ鳥の千切りし臘梅の花のいたみを思ふ朝々

翅のごとき薄き氷の溶け初めて睡蓮鉢に寒の陽差しぬ

奇橋とぞ人に呼ばるる木の橋を見むと来たりて
谷底覗く

目の慣れて谷川に浮く軽鴨を見分けて楽し枯葉
とちがふ

身を繋ぎ谷を渡りし群猿のまぼろしなして水底
をゆく

石垣につもる枯葉を楯にして青き蔓草目に沁む
ばかり

谷川の淵広がりてふくふくと遊ぶ軽鳧《かる》の子十羽
を数ふ

時雨ふる道のいづこに片方の手袋やある虚しわ
れの手

百八段踏みしめ登りはるかなる人住む町へほう
と息吐く

見あぐれば五指に余れる色見せて楓は山を飾り
たてたり

もみぢ山降り行く径の木の間より人住む町の白く日に照る

献身のしるしに赤き色見せて山門に春を待つ八重椿

指欠くる地蔵菩薩のくちびるを幽かに吐息もるる気配す

足元に実の落ちくれば空あふぐ些細なことに今日はときめく

塑像

灯火の小さき茶房に立ち寄りぬをんな主は心の主治医

ほろ酔ひの顔うつむけてあら玉の月の出遅き道を帰り来

バイオリンの殿《しんがり》にゐる娘の夫を見つめつづける管弦楽団

トロンボーン、ホルン忙しく煌めけど聴衆塑像の如く動かず

遠雷はドラムトレモロ終盤のホールに満つる天空の乱

かすみ立つ秩父のやまを遠見つついま現し身は梅の香の中

両神の山の威容も残雪の襞も吐息におほはれてをり

両神の土の目覚めに荒草の芽も木々の芽も育ちてあらむ

然り気なく愛の終りを言ふ頬に臘梅の花のひかりゆれゐつ

われも又こころに翳るものあれば黙して歩む花の香の中

疾風吹く予報出でたり白梅の開花うながす風と思ひぬ

芸妓

駅近く琴・三弦の店ありて芸者の子あり聡明なりき

天性の定めのままにつつましく可憐たたへし少女なりにき

雀荘に隣れる湯屋は昼下がり華やぎをりしと従兄言ひにき

ゆくりなく出会へば友は髪結ひて芸妓姿の匂ふがごとし

ミサイルの緊張ます日庭隅の椿のつぼみ急にほころぶ

歴　史

ゆくりなき出会ひ楽しも坂道をドレスつまみて花嫁の来る

港にはクレーン並み立ち貿易の歴史も未来都市
もかがやく

かつてなき不況つづけり首長き港のクレーン動
くともなし

渡りつつこちら向くとき光りたり桜散る夜の黒
き猫の目

雲井御所跡

潮の流れかすか押し合ふ頃合か瀬戸の海面にさ
ざれ波立つ

橋脚の真下ゆれ立つ海波のつぶさに見ゆる処も
過ぎぬ

鶯の鳴き交ふこゑは昼ながらしづけし山の上の
みささぎ

自づから霊気を帯ぶる大杉に寄る鳥見えず雨もやう空

一心の祈りにひらく道あればお百度石の思想あたらし

初夏の日は御所跡しるす碑にそそぎて繁る穂草をさなし

怨念のおもひ沓けしひさかたの雲井御所跡朱のつつじ咲く

歳月をかさねかぐろき切株の蘇鉄に早やもひこばえ育つ

まれまれに人の訪ふらしみ柩を置きたる石に小銭光りて

上皇の日々の炊ぎの湧水をときさへぎりて水草の浮く

こころ広き人のごとくに繁り立つ楠の若葉に心あづけむ

靴のそこ沈む林の腐葉土は異種の幼き芽生えはぐくむ

御尊体きよめしといふ池水の濁りて朱き鯉ばかり棲む

八十場なる水の飛沫に雪の下群がり咲きて花序きらきらし

連綿とつづく歴史を封印し八十場の池の水にごりたり

惚ければ遺恨忘れて生き抜くを若き流謫のこころ哀しも

沢瀉の花　―高山―

自由への逃亡といふあこがれを胸に車窓の景色みてをり

愛と義の幟はためく北陸の駅に芙蓉の花もゆれゐつ

並み立つる石灯籠の構へにも戦国の世の荘重さあり

柿葺き、なまり瓦に銅板と天つ雲居に屋根のきはだつ

寺ながら城郭のもつおもむきに建立したるその心延へ

仏殿の梁の木組みの華麗さにしばらくは朝の視線さまよふ

名匠のこころの意気をそのままに欅の柱その上のうつばり

僧のうつ一念こもるかねのおと煩悩多き一身ひたす

法堂にこもる光は先の世の息づかひにてしづけく匂ふ

白障子はづし明るき法堂のひとの位牌にかよふ風あり

壮大なみ寺の伽藍夜のふけの闇をおもへばこころは震ふ

かへりみる四百年はただ遠し歴史は時間すなはち生活

側溝を流るる水はここに住む人のこころの豊かさ思はす

木彫の鑿のひびきよ板の間に座る青年その面あげず

十数種のノミを傍へに欄間彫る青年の指は夜々
痛からむ

凪の夜を出でゆくらしも海光をあびて港に漁船
横たふ

岩上の祠は杳き風を呼びほたるぶくろの白の揺
らめく

雪のこる立山見えず磯の上を逃げゆく蟹を追ひ
て遊べり

夏の日の視界のみどりゆるやかな流れは霞む湾
に向きゆく

白雲のうつれる濠に寄り合ひてとがる広葉の沢
瀉の花

朝道に羽根散りてをり生き代りとき変りても黒
からむ羽根

旅の日の断片一つ摘みきたるハーブは浜の風の
匂ひす

油蟬

もののなき戦後を語る姑のこゑ九十七歳記憶鮮やか

朝々を百日紅に向き合へり日に強き花風よりかろき

外壁に爪立てて鳴く油蟬に暗澹として夏の日は照る

鷺草の姿さやけし花に鳥にわれのこころは憧れやまず

奔放に伸ぶる木草に鋏入れ制圧したる気分はつづく

蟬の声つくつくつく法師に変はるころ政権交代の声湧き挙がる

むなしかる日々こそ歌に縋るべし帰宅の道に遠雷を聞く

海原

鴟尾いくつ置ける甍は空の冴え映して森に鎮まりにけり

青味おぶる社のいらか破風の彫り天つ日あびて恍惚と見つ

能登瓦まぶしくひかり国仲の刈田より立つ鳥影黒き

赤松の木洩日ゆらぎ晴るる日のみささぎ訪へば
蜻蛉《せいれい》の群れ

しづまれる真野の御陵の石柱に蜻蛉は永く翅を
伏せゐつ

目に満つる佐渡の海原まぶしさの和らぎて日の
早く傾く

山の端に白き月出づ日の光《かげ》は弱まりながら海に
かたむく

椿の木しげる葉ごみに賑はしく塒定める雀のこゑす

一木に塒取り合ふすずめらの声すさむまで夕日は燃えつ

激ちくる思ひ抑へてしづかなる島の夕日の景にまぎるる

十三夜の月に向かひて目とづれば夕日を呑みし海の波音

斜面より海へ滑空する鳶の鳴きつつ羽根の大きくひらく

葛の葉の繁みの底に鳴く虫の通り過ぎれば又鳴き出でつ

しじに澄む朝の渚の水にかくれ赤き小石と藻のゆらぎ見ゆ

風雪の荒さをのこす島山の天霧らふ空トビの高啼く

胸に鳴る早鐘の音くれなゐの酸実《ずみ》の房なす斜面をのぼる

早鐘を打つはわが胸誰も知らぬ昂ぶる音にひとり苦しむ

いしぶみの歌を讃へむコスモスの花は小雨の中にはなやぐ

小庭

低き雲突く勢ひにクレーンの伸びゐる街にわが暮しあり

稿一つ書きて出でたる小庭辺の午後のひかりに蝶低くとぶ

ささやかに発光をする余生なれビーズの光る服等も着て

乙女子のものかも知れず玄関の靴の一つは先の尖れり

亡骸の義兄は臥しつつ残菊の香の流れくる部屋のきびしさ

山茶花の濡れ咲くみれば悩み一つ残して逝きし義兄を重ぬ

やはらかく黄葉《もみ》づる木々よ葬の日の車は埼大通りを行けり

型通り焼香をする幼子に遺影の口元ほのとゆるびし

秋萌えの青草に積む欅の葉悲しみの目に絶えず
散りつぐ

家主とし貧しきわれらの七年を隣り合はせに守
りくれたり

過去おもふ女となりて荒川の鉄橋わたるひびき
背に受く

冬ざくら

茜雲空にうごきて哀楽の絢ふる今年も早や暮れ
むとす

かがやける銀杏黄葉を取りこみし神の池あり白
雲うつす

小春日の川波ひかり釣糸を垂るる執念のどけく
見ゆる

たぷたぷと波消しに寄る風波を修羅には遠き音と聴きゐつ

たはやすき事と気付きぬ光ふる広野に胸の火を鎮めゆく

伝説の井戸をのぞけど水の香もまして佳人の面も写さず

土堤に座しこころ広げる目の果てに鬱放つ空流す川あり

気遣はず草道ゆけば蔓草にたはむれのごと捕はれにけり

対岸の明るきこゑと競ひ合ふ青葦原の行々子のこゑ

山風の走る夕べの笹原はなだめられゆくわれの心か

神々は隠れあそびに興じゐむ冬桜さく山のしづけさ

金鑽《かなさな》の鏡岩まで行きつけず違へし道のもみぢと
遊ぶ

養蚕の村をつらぬく国道をシルクロードと呼び
し村人

柚子実る父のふるさと通りつつ長き家系図のこ
となど浮かぶ

遠き日に訪ひし城跡たちまちに過ぎて寂るる夕
影の町

花の量感

おのづから格差を知りぬものものしく警備員立つブランド店に

一月はわが生まれ月雪舞ふと記憶の母のこゑがきこゆる

子供らと昼を集へば主客とぞ古径の花の絵に近く座す

母といふ意識のうすき過ぎゆきに届く花籠あはき色満つ

廻り道うながすやうにミモザ咲き一木《ぼく》は黄のはなの量感

黄のミモザあふれて咲けり高台の山小屋風の家の門辺に

しづかなる眠りを得むと開けるに胸処をたたく歌の数々

柚子一片しづむ紅茶の冷めにつつ時を忘れて頁繰りゆく

人の眠り覚まさぬやうに雪は降り白梅の嵩増して朝あり

幹肌の荒きを写す御手洗の水面にあまた紅梅浮かぶ

畏れなくみ寺の棟に立つ鳥が桜に酔へる人を見下ろす

ふり向けばスカイツリーの見えるといふ古き家並の街を歩めり

自分らしくあれとの言葉あたたかし夕日の道に濃き影を曳く

春鳥

雲厚くさくらの花の光《かげ》あはし現し身に吹く風の冷たさ

藤村の世界がそこにあるやうな疎林をわたる春鳥のこゑ

孤独なる碑の辺に咲く花と初夏の日をまつ草の芽とあり

いしぶみを寿ぎてゐし花桃のかの華やぎよ昨日のごとし

身罷りし幾人思ふいしぶみの傍へに忘れな草咲きゐし

道端の草にまぎれて群落のはなほ立つヒメオド
リコ草は

雪間より生ふる白さにかがやきて信濃の池の水
芭蕉の花

泳ぎきてとどまる鯉の黄金の肌へはしばし松葉
を印す

よぎりゆく鯉の肌へは松の葉の影を写せりみ寺
の池に

深々と熟成すすむワイン樽のねむり乱さぬやう
に歩みつ

クラシックに芳潤ますといふ説を思ひて歩む地
下の酒蔵

暗流

人の背を楯に渋谷の交差路を寄する若人かはし
つつゆく

一夜にて心変はりのわが思ひ昨夜《ゆんべ》塗りたるマニキュア落とす

早春のみなと歩けばうらうらと鷗のこころ羽かがやかす

ユトリロが酒をかたへに描きたる街によく似る雪の函館

図書室に長く座りてゲルニカを見たり戦下のスペイン知らず

憤るほどのこととも思ほえず人の言葉に距離をおきたり

病院のロビーに不安かき立つる油絵のあり噴火する山

燦々と日の射す畑の菜の陰に目をつむる猫悩みはなきか

ビル風の激しく吹けば人間のこころも傘も裏返りつつ

源流の清きに遠き街川のほてりに浮ける桜はなびら

この畔にほのほ挿頭せよ風はらむ彼岸花の葉はいま逞しき

さざ波のかすか膨らむ気配して暗流ゆるく夕河のぼる

野うるしの萌黄広がる野の果てを回想乗せて長き貨車ゆく

青　葦

押すと引く取り違へたるドアの前人の視線に会釈を返す

ひとときの沈黙おもく珈琲の氷ふれあふ音たててみつ

異常なる今年の暑さ末の娘を身ごもりし夏の日眩還り来

知らぬ間に研がれてゐたる包丁に夏の気息さ潮
引くごとし

遠き日の旅の神籤の一言に明日の明るむ錯覚を
もつ

霧雨を透して花のひかりみゆ天をあふげる朴の
白花

爪立ちて短冊結ぶ乙女をり逢瀬のねがひ運べか
ささぎ

ゆづり合へぬ朝の心よ歩みゆくわが血のさわぎ
煽る青葦

街上にもの足りぬ夏重ねゐむ蟬の来鳴かぬトネ
リコの木は

炎日をしばし歩めば引力の薄き世にゐるごとき
感覚

無気力を異常気温の所為にして長く見てをり酔
芙蓉の変化

さきがけて咲くむらさきのかがよひを朝々かぞふその無限花序

朝の日にむらさき匂ふ藤の花翅もつ虫もいざなはれ来つ

藤の精宿りゐるらし咲かざれば伐ると脅しし日も杳かなり

飛ぶ鳥

ゆく秋の谷をわたれるもののあり飛ぶ鳥のごと風に吹かれて

水清き日川の谷に武田氏の自刃をしのぶ巨き岩陰

勝頼のねむれる寺の桜木の幹ごつごつと尋常ならず

石塔の文字に無念のしのばるる景徳院の勝頼の墓

此処に来し謂れ問はるる心地あり夕べの肩に触れたる木の実

風さわぐ川辺の道は穂芒の夕日に人をまねくしろがね

ゆく秋の空に一ひら雲浮けり自由のごとし逸《はぐ》るるごとし

広ごれる塩田平を黄に染めてぶだうの棚のをちこちに見ゆ

坂道を降りつつ思ふフィルムを戻せば戦争くるといふ説

泡立草

しばらくは上昇しつつ薄雲の切れ間に見ゆる秋の尾根道

空中に止まりてゐる錯覚に窓より雲の帯を見おくる

右ひだり泡立草の花ゆれていつしか道は海を離れつ

くづれゐる土塀を蔦のもみぢ這ふ萩のあさみち影並べゆく

洞窟は魔境めきつつ歳月の自然の力見よとわれ打つ

夕影のせまる岸辺に碧き目の乙女は長く鹿をなでゐつ

とどこほる一つ進めむ水鳥は風に曳かるる舟のごとゆく

凩の寄せ集めたるもみぢ葉にかくしか置かむこの塞ぎ虫

冬鳥のこゑ渡りつつ忠臣蔵を観にゆく道の銀杏かがやく

試みれど高き一枝にとどかざる今朝の夢こそ現実ならめ

空あをく臘梅の花かがやきて冬至の一日うらうらと過ぐ

文学散歩

靴の音規則正しく遠離かり桜散り若葉まばゆき季節

雀子の日の斑に遊ぶ緑陰に日本画壇史しづかに流る

琅玕の香に立つ肌に触れて見つ古民家裏の日当る林

しろがねの茅花光《て》り合ふ広き野の静けさ破り雉子《きぎす》飛び立つ

桜桃 ―鶴岡―

鶴岡に発つ日藤沢周平の読み終へぬ一冊携へて来つ

渡り鳥の中継地といふ海中の霞める島へわがこころ飛ぶ

日本海潮の目しるく広ごれり岩をこえ来る波の穂おだし

集魚灯ひかりの薄く夏の日のしらじらとして寂しき入江

白砂の小さき入江は海草のか黒き色の透けてなびけり

鉄道と並行してゐる国道に秋田へ百五十粁の標識

水脈白く沖を目指せる一艘を見つつ着きたり温海の駅に

鳥海山のいただき遠くあふぎつつ稲丈そろふ青田道ゆく

相鳴ける鳥の少なし鹿威しの音はみどりを縫ひてひびき来

空づつの音とどろけばフレームに育つ果実の縞目乱れむ

桜桃の黒く苦きを嚙みしめて凡庸の身を引き締めむとす

幹を巻き這ふ岩がらみ蔓太く巻き攻むる意は愛か恨みか

鹿威しの音の絶えたる闇深しけものの息の動く
気配す

遠き世ゆ勝利を願ふひとびとの八咫烏への信仰
あはれ

神さぶる一千余年の杉の木は爺杉といふ親しき
名をもつ

世の音の届かぬ森に立つ塔の素木のさまにをの
のき抱く

山頂へ向かふ少年の一団と交す挨拶励まし込めて

生きをれば知らず重ぬる咎あらむ慎しみ胸に茅の輪くぐりぬ

青銅の鏡を池にしづめたる思ひはなにか生活者たち

青銅の鏡にたくす想ひとは何ならむ沓き世の欲求は

素朴なる祈り遠大なる夢も過去とし池に河骨しげる

遠き世の入口らしき空うつす池の底ひに伸ぶる青杉

くちなはの幾匹ひそむ池の辺に森青蛙の卵塊のあり

縞蛇はもりあをがへるとともに棲み身をば養ふ鏡ヶ池に

河骨の黄花をてらす月光に森青蛙はこゑ放つべし

大日坊出でて空気のすがしさよ胸の底ひの暗きを流す

子規庵

うながされ子規の小部屋に座りたり黒光りする机確かむ

瓜棚に西日をさける文机の小瓶に挿さる赤きかまつか

姫柘榴九つほどが色づきて共にをさなき口をとがらす

みぎひだり草に潜むる虫のこゑ澄みてきこゆる此の草庭は

青空を自在と見れど完成にいたることなし雲の造形

岩魚

あかぬまの道標板を確かむるわが足元に落葉かさなす

靴音のひとり近づき木道に熊除けの鈴さやけくひびく

落葉松の丘かがやかず曇る日の林の奥に牝鹿呼ぶこゑ

東京の鬱を離れてくさはらの清しき風に髪をなびかす

滝の音の紅葉ふるはす昼下がり炭火をめぐる岩魚の宴

串刺しの数多が炭火かこみをり岩魚にまじる鮎二つ三つ

あこがれの岩魚を食まむ掌の半紙にくるむ串刺しにほふ

散り続く紅葉の傍へたつぷりと卵を孕む岩魚焼かるる

着生の蔓を巻きつけ赤に黄に冬木華やぐ午後の日差しに

谿川に天の架けたる倒木をわたるか山に棲む小人たち

肩ごしにうろこ雲見し遠き日も芒の穂波靡きてゐたり

紅葉のしづく溶けこむ水面を踊り子となる鴨の
一団

湖岸に吟誦ながれ聞きほれるしばしの間に紅葉
暗む

一気から惑ひに変はる地点見ゆ滝の中程けむり
渦巻く

ふるさとに浸る思ひに白銀の葦原に立ち風に吹
かるる

夕風

夕風のはこびくる香にみかへれば木立の陰に柊の咲く

内蔵助自刃跡とふいしぶみは高層住宅の敷地に古りぬ

小春日の林の径を無防備に行くは危ふしひかる蜘蛛の巣

人通り少なき路地の魚屋の老人大きな平目をさばく

信仰にとほく聖夜の煌めきに酔ひてをりたり衆を離れて

鏡面のガラスに写る満月と頭上のつきが互ひを照らす

白　壁

白壁に桜の幹の影しるく散り残る葉のためらひ写す

美しきみ仏にして遅れ来る者を気づかふ姿とも見ゆ

足音に気配をさとる時代《とき》ならず鶯張りの廊の賑はふ

身めぐりに葉を敷きつめてゆるぎなき銀杏の上に白き月あり

白鳥

宿命の旅くり返す白鳥の目の鋭さよシベリヤは遠し

反照のよどみに憩ふ白鳥の相寄ると見て左右に離る

眠るとも見えて中州の白鳥は啄むやうな首の動きす

羽ばたきの姿勢たくまし白鳥の北に帰れる風の
日近く
白鳥のからだを離れ袖に来し名残りの羽毛連れ
て歩めり

初当選

—島崎豊市議選に立つ—

支援者の一筆づつの温かさ描くダルマの目玉と
とのふ

出陣のくるま見送る目に沁みて色濃き桃の花の
豊かさ

「本人」とふ幟なびかせ自転車に選挙区走る若
き候補者

確実は言へぬ不安を見せずしてマイクを握るそ
の姉のこゑ

放射能をかすかに含む風にゆれ菜の花あすの希
望の色す

早暁の夢のつづきに当選の知らせ告げ来るわが
友のこゑ
開票より一夜明くればバンザイの声に舞ひまふ
社の桜

馬鈴薯の花

和歌・漢詩あまた遺せる良寛の草屋根けふは苔
の花咲く

猪独活の大き葉群は草屋根の小屋の傍へに白花かかぐ

究極の暮しを求め子供らに慕はれし人の書の前に立つ

風雪の地に仏心をきはめたる痩身の像に添ふ春女苑

掌《て》に囲ふ灯《あかり》のごとし尼僧への想ひをつづる歌幾首あり

晩年に若き尼僧へつづる歌、返し歌ありほのぼ
のと読む

紺ゆるる海にまむかふ像みればわが幻影に朱鷺
の舞ふ島

おぼおぼと霧にまかるる日本海夕日の名所とい
ふ橋の見ゆ

馬鈴薯の花咲く里に信仰のこころあつむる青杉
の森

風雪のきびしき土地ぞ杉板を張る鞘堂に祠まもられ

長きもの見てしまひたり石塀を鎌首上げてぬめりゆく蛇

いささかの懸念はあらむ白昼の塀を渡れる長き縞蛇

あらたかな謂れ伝ふる椎の木のよみがへりたる若葉幾枝

人皆の祈りは知らず神前にわが靴音のすこやかな歩み

眩しかる日射のあれど海峡は靄ひて佐渡の島影かくす

山に来て見放くる浜の一ところ白きは波の折り返す色

懐かしく蛙のこゑを聴きしかど山の何処と今は忘れつ

酔芙蓉

前庭の芙蓉の一花ひらきたり明日はわが姑百歳《ももとせ》迎ふ

うひうひしき乙女かさねむあえかなる色が良しとふ男の心

自づから摘花してゐる花見れば暮しにもある優先順位

手弱女も心にかなめ持つべしと風吹くひるの酔芙蓉見つ

喪の家より帰りしわれの目にしみて揺るる芙蓉花紅深し

花々へのレクイエムなりゆく夏の風の連れくる夜蟬の声は

朝ごとの花のすがしさ内閣の短期交替いくたびの国

みづみづと芙蓉の姿災害の波瀾を背負ふあはれ
内閣

天心の月を仰ぎてうづうづとほぐれかゆかむ花
のこころは

恥づかしきことを言ひたり沈むわが前に花咲け
新しき明日

妖艶な一日のいのち酔芙蓉の花の教へはおぼろ
なるまま

酔芙蓉の去年の姿を言ふこゑに蕾もわれの胸もふくらむ

白く咲き紅に移ろふ一日のいのち優しくわが胸ゆする

吸盤

見えぬものに怯えゐる日々陽炎に身構へ猫は草にとび込む

畑起すトラクター追ふ鴉らの足のはこびの踊るごと見ゆ

少年になりしか守宮いきのびて白き吸盤のたくましく見ゆ

春風に葉ボタンの茎ぐんと伸び変身見よと黄の花ざかり

中国が崩壊したらと仮定して若き主婦らの街角会議

水葬に付されようとも衝撃の歴史と遺るビン・ラディンの叛逆

川岸の草花まぶし見放くれば遥かにかすむ高層の街

止むを得ず桜桃の実を踏む道の甘雨をふふむ土やはらかし

野に咲ける赤詰草の蜜吸ひて蝶の気分の今われにあり

篠竹のさへぎる先に川ありて折をり光る紺のいろみゆ

池の亀

水の面の躑躅の朱き色みだし宇宙メダカの裔が游げり

青葦の風に揉み合ふ池に棲む亀は自分の速度に進む

公園を自在に憩ふ猫のをり石の上の黒、草中のトラ

情況をうかがふごとき台風の急遽右折す何ものの指示

白銀の茅花のひかり交叉する春の野に来て満つるものあり

目をこらす暗き祠にみづからを見よと鏡はわれを写せり

水中の異変は知らず唐突に静けさ裂きて鯉がジャンプす

黒竹の地下茎伸びて大窓の目隠しほどに竹の子育つ

ダンゴ虫くはへなほして小雀の足どり弾む横丁の道

新しき補虫網壁に立てかけて何処へ消えし街の少年

渓流の風をはこべよテーブルの上に細身の鮎の箸置

津　波　―気仙沼湾―

羽根あらば翼のあらば　一せいに津波を察し海鳥の飛ぶ

被災地は雪の予報ぞ沼の辺の朔風に耐へバスを待ちたり

震災の成行き目守る旬日に玉蔵院のさくらふくらむ

報道にセシウムの文字吹きしまき雪けむり見ゆ白河すぎて

気仙沼近くなりつつ発車する車輛の先の暗きトンネル

信号機つきし町角横たふる小さき漁船の船名を読む

千曲の漁船を陸へ押し上げる津波の力人間の無力

掻き消えし町のよすがを偲ぶにも土台をさらし寂び返る町

地盤沈下の爪痕いまだ残りゐる町の水面に写る青空

怒濤なす津波と火災のありし町想ひに余る瓦礫の山ぞ

ショベルカー呪文のごとき声発し瓦礫の山の仕
分けに挑む

現つ世の被災地に佇つわが頬に彼の日より吹く
濁る風の香

屋上にバス乗り町に船のあり伽の国にあらず被
災地

祝婚の鐘は幾度ひびきしや教会の屋根のみどり
目に沁む

しらす漁今年は行けず岩壁に虚しく白き船体ねむる

いつの日か大漁旗にかへり来よ停泊の船の白き幾艘

外人が若布シャブシャブ食べる意味朝の卓に考へてをり

戦慄の彼の日いづこに潜みしか水平飛行に近づくカモメ

吹き曝しの戸のなき家に添ひ立ちて紅葉保つ南天のあり

天井まで津波は来しか仏壇を置き去りにして人をらぬ家

帰り来ぬ誰を重ねむ人影に懸命のこゑ猫は掛けくる

大津波の駆けりし坂をわれはのぼり春の海原ふり返り見つ

冬晴れの朝

中指の爪に出でたる白きもの希望の星を指に撫でたり

高リスク負ふと知りたる出産にたちまち乱る娘の母われは

古ゆ生命を繋ぎ来しものをさあれど夜半にわが胸うづく

危ふさに心の塞ぐ日々過ぎぬふちべに冴ゆる八
重の山茶花

モニターの音にまじれる心音の廊に流るるＩＣ
Ｕ病棟

胎動に励まさるるとわが娘言ひぬ親子の絆は強
し

さき立ちて葉を落したる大欅に初の白雪見しと
娘の言ふ

おほかたは帝王切開なりといふ医師団に託す二つの命

ケイタイが震へて手術の報せ来ぬ調宮《つきの》社の師走祭り日

執刀は若き女医なり信頼の一夜明けたる朝の冬晴れ

昏睡に移る間際に自力にて泣く子の声を聴きしとぞ言ふ

手当なる語源を言へば苦しきか術後の腹にわが手誘ふ

地を駆る足かピアノを弾く指か細き手足を伸ばす嬰児

多摩の空薄茜色に暮れゆくを見つつ安堵の熱きもの湧く

保育器を晴れて出づる日の近からむ二十三年師走旬日

後記

この本は『朝の渚』につぐ私の第二歌集になります。平成十七年から二十三年までの作品、およそ一千首から島崎榮一先生にあらためて選んでいただいた六八〇首を収めました。暫く方向性について迷っていましたが、日常の先にある余情を求めつつ、自分らしくということを念頭に努力してまいりました。旅の歌が多くなった他は前歌集と然程変化のある作風ではないと思います。私の希んだ路線がどの程度理解されるか、期待と不安が胸中をかけめぐります。いまだ道遠しの感がありますが、皆様のご批評を頂けると嬉しく思います。

この七年間の前半は平穏に過ぎましたが、その後急に身辺が慌しくなりました。家の建て替えのための引越の煩雑さがあり、やがて末娘に待望の孫が生まれました。家族詠はむずかしく、わけても孫の歌は注意深くという話は何度も聞きます。愛情の対象になりがちな歌に迷っているうち、稀に遊びに来るその成長ぶりは驚くばかりです。幅広い嘱目を問われているように思います。

「鮒」に入会し二十年近い歳月が過ぎました。誌上には月四冊の書評欄を設けており、勉強の場となっています。私も視野を広げて自由に学ばせて頂くことができました。又編集や校正に参加することで身に付いたものも多く「鮒」があって私の成長があるように思います。

島崎先生、湯沢先生ご夫妻には、常に温かいご配慮をいただき第二歌集へ導いて下さいました。選歌から始まり万端のお手配のもとに出版できますこと心より感謝しております。加えてお忙しい中を序歌を賜わりました。又院展日本画の那波多目功一画伯の装画で本を飾れることとなり、幸運に恵まれた刊行となりました。

邂逅は時に大きな力につながることがあります。高校の先輩であります関場瞳さんは常に私の目標ですが、校正をお願いすることが出来ました。編集部の皆様にも日頃あたたかいご指導を頂きありがとうございました。月々の歌会はもちろん、全国大会での皆様との再会、順徳院を偲ぶ佐渡の旅、崇徳院ゆかりの讃岐白峯宮の旅、東日本大震災の折の気仙沼探訪の旅など、貴重な経験を致しました。夫、兄姉や友人との旅も歌に遺せたことを嬉しく思っております。本集を『海霧』としました。佐渡の鷲崎「鶯山荘文学碑林」を訪ねた歌に

　海霧の中をきてみる碑にまぎれなき師の筆跡はあり

があります。佐渡への愛着があるのでこの一首からとりました。

　来年は「鮒」の創刊三十周年記念の年ですが、この偶然と共に歌集の出版を出来ますことも密かな喜びです。

　出版にあたりまして現代短歌社の道具武志社長、今泉洋子様に大変お世話になりました。厚く御礼申し上げます。

平成二十七年十一月吉日

根岸雅子

歌集 海霧《うみぎり》　　鮒叢書第93篇

平成28年３月７日　発行

著　者　根　岸　雅　子
〒330-0052 さいたま市浦和区本太1-9-1
発行人　道　具　武　志
印　刷　㈱キャップス
発行所　**現 代 短 歌 社**

〒113-0033 東京都文京区本郷1-35-26
振替口座　00160-5-290969
電　話　03（5804）7100

定価2500円（本体2315円＋税）
ISBN978-4-86534-145-4 C0092 ¥2315E